너를
모르는
너에게

내 생에 가장 황홀했던 달을 띄워

당신에게 보냅니다.

당신 어딘가에 담아주세요.

너를 모르는 너에게
© 나선미

| **발행일** | 2015년 9월 1일 | 초판 1쇄 |
| | 2024년 10월 3일 | 13쇄 |

| **지은이** | 나선미 |
| **편집** | 민승원 |

발행인	민승원
발행처	연지출판사
출판등록	2015년 1월 2일 제 2016-000010호
이메일	contact@indiepub.kr
대표전화	070-8848-8004
팩스	0303-3444-7982

ISBN　　979-11-86755-08-2 (03810)

너를
모르는
너에게

나선미 시집

연지출판사

시인의 사인은

이름도 애절한

마른 익사였다.

머금은 그리움

너는 맨발로 걸어와
깊은 발자국을 남겼고

너는 빈손으로도
내 세상을 가득 채워주었고

너는 체취만으로
나를 물들였다.

찰나의 무채색

그러니까 우리는
단지 동화였던 거야.
어린 왕자가 보듬은 장미처럼
사막의 불친절한 여우처럼
다만 기록되지 않은 기적인 게지.

가끔 너를 별이라 부를게,
그럼 나는 그 별에 사는 어린 왕자가 되는 거야.

기적이야, 우린

엄마가 좋아, 아빠가 좋아?

나는 더 보태 말했다.

그들이 낳아준 내가 좋아.

그러면 엄마 아빠가 동시에 좋았다.

우리를 좋아해

네가 차라리 그림이었으면 좋겠다.

그 옆에 나를 그려 넣을 텐데.

벚나무 아래, 나란히

너에게 매일 해주고 싶은 인사는
잘 자. 라는 인사 말고
잘 잤어? 라는 인사야.

시작은 늘 나였으면 해.

아침에서 기다릴게

당신은 한 곳에서 노래하고
나는 그 주변을 빙빙 돌며
춤을 출게요.

당신은 나에게 목 아프고
나는 당신에게 어지러운
드디어 낭만적인 밤이에요.

비예술가의 밤

편지 한 골짜기에는 시를 쓰려 했다.
안녕에서 안녕으로 치닫던 편지가 아쉬워
내가 좋아하는 건, 시가 아니라 너의 묘사라고
말로는 하지 못해 시를 쓰려 했다.

이따금씩 몽롱하게 피어나는 그 꽃의 이름을 몰라
네 이름만 몇 번을 쓰고 보내야 했지만.

내 세상에 단 하나의 꽃

너처럼 아리따운 사람은 본 적이 없어.
주말에 거리로 나가면 즐비한 게
예쁘고 잘생긴 봄을 닮은 사람들인데,
너처럼 사람을 흉내 내는 봄은 본 적이 없어.

그래서 나는 봄을 지났는데도
네 향기에 걸려든 걸까?

온통 봄이던 당신

시를 쓴다. 너를 적어.

구름을 쓰자니, 너였고

바람을 쓰자니, 너였고

그 어떤 것도 나는 너였으니.

아무렴, 시처럼

너도 사랑이기만 해주면 좋겠는데.

네가 없는 내 이야기

맑은 샘물을 내 손바닥 가득 담아놓는다.
소매 끝을 넘어 팔꿈치까지 젖어 와도
이리 깨끗한 물을 포기 못하고 담아 간다.

두 손 가득 찬 물이 한 두 방울 떨어지며 거닐 때,
나무 아래 피어난 네잎클로버를 보면
나는 길게 고민한다.

너에게 맑은 샘물을 줄까,
행운의 네잎클로버를 따다 줄까.

어느 게 더 사랑일까.

산책길

부디, 노여움으로 밤을 지새우더라도
서러움으로 밤을 꼴깍 넘기더라도
그렇게 밤을 괴롭히고 싶다고
천장에서 달을 찾는 딱한 짓은 말아라.

네 방에는 달이 없어,
달을 닮은 너만 있지.

너는 너를 찾아야 해

이 어두운 비마저
봄이라는 한 글자 더해주니
왜인지 향기가 나요.

내가 봄비에 젖을 때
꽃이 자라난다니요.

자꾸만 자꾸만
젖어들고 싶은 밤이에요.

그대의 꽃이 되어
봄비에 한 움큼 젖어들고 싶은 밤이에요.

봄비, 꽃에게 내리는 비

우리가 서로
마주 보았을 때

나는 당신의
눈 속에 있었고

당신은 나의
마음속에 있었다.

나는 첫눈에 빠졌다

나는 분명 꿈에서도 너를 보고
잠결에도 너를 듣고
살아서도 너를 느꼈다.

네가 내게
그것이 무엇이냐 물어본다면

이것은 사랑이라고 대답하겠다.

물어본다면, 대답하겠다

부르지 않아도 찾아오는 이가 있다.
나는 부른 적이 없는데,
어느 밤 문득 창문을 두드리는 자.

나는 네가 첫눈인 줄 착각하던 때도 있다.
마음이, 하도 설레기에.

사랑방 첫 손님

별이 뭐가 예뻐,
한비짝에 훨씬 웅장한 달이 있는데,
별이 뭐가 근사하다는 거야.

네가 근사한 사람들 속에서 말했다.

별이 많긴 하지,
근데 유독 눈에 걸리는 별이 있단 말이지.

내가 너를 보며 말했다.

별에게

올여름, 네가 나를 슬금 부르면

나는 이듬해 봄에 슬쩍 다녀온다.

꽃마차

봄 넝쿨에 걸린 햇살
여름 파도와 들이닥친 햇살
가을 앙상히 날리는 햇살
겨울 스산스레 내리는 햇살
어느 때에 와주어도 찬란할 수밖에 없는
그 이름이 햇살이란다.

너는 햇살이야.

밤에는 이토록 네가 그립지.

단순 고백

나는 참 간사해

하루 종일 미운 날이라 불렀거든

그런데 네가 왔다간 후로는

밉지가 않은 거야

날씨가 너무너무 좋은 거야

네 존재는 참 신기해

익숙하던 것들이
어느 순간 낯설게 닿아올 때가 있어.
무심코 들은 '비 온다-'는 소식이
오늘 아침에는 왜 이리 사랑스러운지.

언젠가 먹구름 위에서
괜스레 알려주고 싶잖아
'비 가요-'라고 말이야.

비가 와요

늘어진 달그림자에 숨어
저 달은 왜 달이고
나는 왜 나여야 하는지.

그때 오지랖 넓은 별 하나가
내게 무심히 속삭이기를,

'너는 욕심도 많다
너이고 싶은 별들이 여기 투성인데'

단 하나의

둘러쓰지 않겠습니다.

당신은 어쩌면 제 첫사랑이십니다.

누군가에게 당신의 이름

어젯밤에
늘 말이 없으신
신에게 여쭸다.

혹시 그 아이의 일기장에도
내 이름이 있던가요-

여전히 말이 없으셔
차라리 다행이지.

비라도 내려주어요

틈으로 인사하는 바람
새벽녘 내음
아지랑이 핀 어둠
엎지른 목숨
길 잃은 파란별
만질 수 없는 이들이
시에 잠깐 앉았을 뿐인데
나는 포옹까지 할 수 있었다.

네가 흔하다고 고개 돌린
따끔한 사랑 시들도
그리하여 태어났겠지.

마음에 일순 안을 수 있으니

사람들은 잘 몰라.
네가 선선히 내보인 표현에
오그라든다던 사람들이 맞아.
네 꽃구름을 본 순간
마음이 오그라들고,
감동이 펼쳐졌어.

꽃구름

그 아이는 내게 "잘 자."라고 말했다.
말끝에 별똥별이 떨어지는 바람에
잠들던 내 마음 인근에 불이 붙었는데
그 애는 알았을까?

나는 오늘도 깊은 잠에 이르기는 글렀는데
그 애는 벌써 잠에 들었을까?

사소한 말에 별똥별이 있을 줄이야

목울대까지 올라온 고백이
요동치는 혀에게 부추김을 얻고
바로 입술 뒤까지 불어났어.
어떡할까.
뱉어낼까, 도로 삼켜버릴까.

너는 또 웃고 말겠지
내 오른팔을 툭 치며.

나는 네 몸짓에
바보같이 사레들리고.

결국 나는 또 우스꽝

낮에 건물 사이를 바삐 뛰던 바람이
밤에는 인적 드문 길을 골라 사뿐 거닐었다.

이유를 물으면 바람은 그랬다.
그의 잔향이 남은 곳에서, 발자국과 데이트 중이라고.

바람이 가고 나는 너에게 전화를 걸었다.
밤이야, 나 지금 추억에서 너와 데이트 중인데
우리는 사람이니까, 같이 걷지 않겠니.

영문을 모르는 너는 그래도 웃었다.
그래, 추억에서 만나자.

추억담

고마워.

무엇이 고맙냐. 물어본다면

역시 따라오는 그 물음이 고맙다고 말할래.

네가 있어줬잖아

어느 샌가 나도 멀게만 잡던
초라한 어른이 되어버렸다지만
가끔은 마침표 하나에 머물러
책장에 코를 맞대고
입맞춤은 했었지.

순수를 잃고서, 그래도 포근한 인사

흐르는 칠월이다.
담지 못한 그리움이
달만 보면 고개를 디밀어,

나는 네 덕에
달맞이꽃이 되려나 보다.

너를 맞이하면 좋으련만

정해진 시간 없이 만날 천 날 찾아와
똑똑 두드리던 그 꽃다운 얼굴이
이제는 쿡쿡 쑤신다.
여태 꽃다운 얼굴로.

문을 열어준 그날보다 후회되는 날은
너를 꽃답다 부르기 시작한 날이란다.

끝내 꽃다운 얼굴

그 봄에 나는 당했다
나를 속인 건 당신이 아니라
그 봄의 스산한 기운이었다.
열여덟 날의 봄과 가까운
호기심은 불안한 마음
기대는 실망의 꾸밈
여태 서툰 나는
그 봄기운에
꼼짝 없이
당했다
너로

여태 서툴었고, 다시 속았다

당신이 스물한 살- 배가 덜 갈라졌을 때
아이엠에프가 당신의 기둥과 함께 터지기 전
머리숱은 지금과 달리 풍성하고
미간 사이가 평평했을 때
옷장 속에는 공짜로 받은 거적때기 말고
짙은 청색의 스커트와 노란 스카프가 걸려 있을
그때의 당신에게 말해주고 싶다.

나를 후회하지 않을까, 엄마.

나는 아무래도 괜찮아

금방이라도 왈칵 쏟아낼 것 같은 하늘 보고
질세라 서둘러 내 것 먼저 쏟아낸다.
네가 이기나 내가 이기나 해보자고

너한테 무참히 지고
괜히 먹구름이라도 이겨보겠다고

내가 먼저 울긴 했는데
빗물에 누구 하나 맞아주는 이 없어
또 졌다.

졌다

동이 트자마자

새들이 내 방 앞에 모여

찌륵찌륵 울기 바쁘다.

난 어젯밤부터 울기 바빴고.

궁극

이 세상에 버림받은 것
어디 나 하나뿐이랴.
나도 언젠가 버려본 적 있고
버려짐을 구경한 적 있지.

그들도 나도
울음은 귀하고,
웃음은 헤프다.

그들도, 나도

시간이 약이다.

그 문구가 읽힌 밤, 나는 눈감아 변명한다.

약 없는 병도 있거든요.

그렇게 잠든다

초저녁 퇴근길

이른 감이 없지 않은 켜진 가로등

그 아래 거닐다, 설움이 북받치더라.

오늘 많은 일이 있었는데

다정했던 건 가로등뿐이라.

초저녁 가로등

고개를 옆으로 뉘었더니

너는 웃는 거야?

다시 반대쪽으로 뉘었더니

너도 우는 거야?

초승달

거룩한 바다 앞에 발바닥 처박고 속으로 외친다.

아름답지 않아도 되니까

무식할 만큼 아가미를 벌려줘

온 지구를 삼켜낼 것처럼

다만, 나 하나만 삼켜내줘.

나를 위한 파도

무너지는 창
쏟아지는 뜨거움
무뎌지는 차가움
앙다문 입
갈리는 이
떨리는 몸짓
날리는 마음짓
익숙해진 몸살 기운이 오늘따라 쓰다.

어머니- 부르면
목울대가 녹아내릴 만큼 쓰다.

빈 방

"다음 생에는⋯⋯."

엄마는 습관처럼 이생을 탓하고, 다음 생을 기대하게 했다.
벌써 여섯 번째 찢어진 바지를 꿰매주다가도,
일곱 시면 퇴근하신 아버지와 함께 첫 끼니를 먹다가도,
모르는 아이의 인형의 집 옆에 내가 만든 모래성이 무너지면

"⋯⋯ 꼭 부잣집에 태어나."

엄마는 지금쯤 다음 생에 도착했겠지.
나는 앞으로 딱 이십육 년만 살다 갈게.

'엄마가 부잣집에 있어줘.'

우리 엄마 해줘

오늘은 웬일인지

네 생각이 나지 않았다며

우습게도 네 생각을 했다.

오늘도

오랜만이네-
그대 가벼운 첫마디가
울컥이던 지난밤들을
한밤에 감싸 안았다.

다시 울컥

시간 참 빠르다.
바람은 나릿한데
시간은 잽싸게 간다.

나를 두고
나 여기에 두고
시간만 잽싸게 간다.

나 이곳에 얼마나 더 묵을까요

하도 캄캄해서 밤하늘 한번 보았더니
내 발은 거기서 멈출 수밖에 없었지.

무어라 사연이 있을 법한 달을 보자니
내가 그토록 찾던 너의 눈이 있는 거라.

뿌려 놓은 듯 반짝이는 별을 보자니
내가 참 좋아하는 너의 주근깨가 있는 거라.

캄캄한 밤하늘에서도 몽글몽글 지나가는 구름 보자니
너를 감싸는 내가 보이더라.

내 발은 거기서 멈추었지만
네 눈빛에 생긴 내 그림자를 보아하니
글쎄 너를 보느라 우는지도 몰랐더라.

네 얼굴

돌담을 쌓는 이도 너라면 좋겠고
돌담을 발로 차는 이도 너라면 좋겠고
끼니를 챙겨주는 이도 너라면 좋겠고
굶어 죽으라는 이도 너라면 좋을 것 같다.

내가 이 정도로 너에게 미쳤으면
좋겠다할 사람은 너 아니냐.

너는 좋겠다

아무런
흔적
남기지 않으셨다면

추후(追後)
아무런
미동도 없으리.

평평한 마음은
올라올 듯
산이 되려

미미한 달은
내려올 듯
눈높이를 맞추려

움직이지 말지
애당초
아무런 인연이고 싶으셨다면-

건널 수 없는 산이 되려거든
마주 본 달이 되려거든
움직이지 말지

깨어난 後

겨울도 아닌 밤에
모든 울던 것들은 잠들고,
겨울도 아닌 맘에
진눈깨비 사납게 날리었지.

오늘따라 달까지 참 모질다.
내가 닳도록 봤다고 닳아버렸을꼬.

둘 곳 없는 잔인한 밤

아빠, 차라리 노래 해줘

우리 집이 등장하는 참혹동화 말고

차라리 푸르단 말만 반복하는 동요를 불러줘

아빠는 나를 위하고 싶거든 거짓말쟁이가 됐어야 해

아빠의 한숨

12월이 지나고부터는

손목시계를 찬 아이들을 보면

혹시나 가냘픈 저곳이 그어져 있을까

그간의 안녕을 묻곤 했다.

안녕하지 못하던 얼굴

촛불 켜진 인가(人家) 앞에 서러운 얼굴은

성냥팔이 소녀뿐만이 아니더라고요.

잃어버린 人, 家

복도에 나뒹굴던 발자국 소리가

오늘밤에 메아리가 되어 울렸다.

네 발을 묶은 그곳이 유일하게 너를 품던 곳이었다고

졸업

고사리들이 한껏 움츠린 겨울밤

안개 사이로 물감 퍼지듯 퍼진 달물

시든 꽃송이 추모하는 눈송이

죽은 꽃 동정하는 가난뱅이의 자식

욕심 많은 구름에 박힌 별사탕의 소원

뒤집힌 빙산인 줄 알던 고드름

돈을 좇다 목이 갈라진 비예술가의 밤

예술을 꿈꾸다 목을 맨 예술가의 밤

굴뚝을 청소하던 아이의 머리맡에 놓인 캐러멜

그 머리맡에서 해 뜰 때까지 울부짖던 어미

보지 못한 자는 떠드느라 바쁘고

아는 자는 말이 없는 그 밤

화이트 크리스마스

걷다보면 도착하게 돼있다던 그 동화 속 말따나
우리는 얼마나 걸었는가.

도착한 곳이 또 다른 출발선일 줄
그 누가 알면서도 마음을 걸었겠는가.

마침내 도착한 곳

내가 너를 보고 싶어 하기만 했다면

문 닫는 것을 잊고서라도 갈 수 있었다.

단지 그리웠다.

보고 싶진 않았다.

너이던 시절이, 보고 싶었다

달 뒤에 잠적했다.
달도 나도
아무 소리 않고
살포시 네가 그립 단다.

자는 줄 알았던 모진 너는
호랑이가 되어
나를 품은 달을
밟고 지나가고

달 표면에 네 발자국이 남아
멀리서 보면
서러운 달 모양이 아닐 수가 없다.

들쑤셔진 달은 괜찮다지만
네 발자국에 볼맞춤을 한 나는 아프단다.

달에 발자국을 남기고 간 그대

일그러짐 없이

차올랐다 흐르는 물기 한 방울 없이

목구멍에 꿀꺽이는 박자 없이

나는 생동 않고 한동안 잘만 울고 있었다.

삼킨 울음, 잠긴 내색

맘 편히 갈 수만 있겠다면
나 2000년 그쯤으로 건너 가
고사리 같은 손에게 용기를 빌려
엄마 내가 많이 못났지
아빠 내가 많이 못나질 거야
아직 주름 잡히지 않은 눈가를
감히 어루만지며
밤을 씹어 속마음 뱉을래.
주시던 사랑이 그 얼마나 절경이었는지
겨울 강이라도 되어 찬란히 비출래.
그러면 그대들은 웃겠지.
우리 딸 많이 컸네—
꼭꼭 씹으라. 우리 딸-
다디단 사랑만 먹여주겠지.

맘 한구석도 편치 못해
오늘날 그대들의 얼굴을 보자니,
옹글던 마음이
구겨지고 말아
그때 그 평화는 누가 잡아먹었나.

막연한 옛날

웅얼웅얼 울었다.
나는 가만히 앉았을 뿐인데
그래도 흘렀고
그렇게 흐르고
그나마 흘렸다.

노래하듯
웅얼웅얼
갈라진 오디오처럼

이게 요즘 세상에서
청춘이 우는 방법이었다.

우리가 우는 방법

슬쩍 훔쳐본 골목 어귀에서
누구는 사랑을 나눴더랬다
누구는 제 집을 찾아 아장아장 걸었고
누구는 통화로나마 수다를 부렸고
누구는 토악질을 했더랬지

슬쩍 훔쳐본 골목 어귀에서
돌아갈 곳이 없는 사람이
'나만'이라는 걸 보았던 누군가는,
그 누구는,
구경하다 목을 졸랐더랬지

돌아갈 집

울 때마저 예쁨을 받던 여인은

그 아닌 저주받은 여인이었을까

위태로움을 묵살하고 예쁨만, 받던 미인은

그림자에 아지랑이가 피던데

그림자도 가엾기만 하던데

웃는 모습을 봐도 목이 메었다

역으로 가는 차 안이었다.
기차에 오르면 나는 다시 적겠지
엄마에게로 가는 아빠와의 이별이었다고.

아빠는 신호등에게 애통함을 토했고
나는 끝까지 하품을 토했다.
그래서 눈물이 난다고 했다.

기차역으로 가는 길

아직도 나는 당신이
가까이에 있을 것만 같아요.

마음만 먹으면 당신을
볼 수 있을 것만 같아요.

그래서 나는
마음을 먹을 수가 없어요.

보고 싶어 해요

새벽을 지나는 택시는
갈라진 라디오 소리마저 슬프다.

미터기로만 가던 눈길이
무심코 대교 밑 한강에 눈을 마주치면
그 위에 떠오른 가로등 빛이 슬프다.

눈 둘 곳 없이
그렇게 눈 감아 자는 시늉을 하지.

새벽을 지나는 택시는
새벽뿐만이 아니라,
보잘 것 없는 지겨운 하루를
기어이 지나는 것만 같아
슬펐다.

새벽 택시

그런 날이 있다.
선물로 받을 때 웃음 짓게 하던 꽃다발이
어쩐지 위태로워 보이는 그런 날이 있다.
위태로움도 잠시, 약하게 풍기는 꽃내음에
이들이 죽었음을, 잔향이 이리도 짙음을,
알아채곤 괜히 숙연해지는 그런 날이 있다.

꽃 시체 더미를 들고서 웃음 짓던 내가
그 꽃을 사모하던 나비를 알지 못하는 내가
괜히 만사에 권태로워지는 그런 날이 있다.
세상은 이리도 복잡하고, 아름다움이 짧다.
일기를 이리저리 더럽히는 그런 날이 많다.

그런 날

옆에는 모르는 사람이 앉았고
창밖에는 익숙한 것들이 불었다.

귀를 넘어 머릿속을 휘젓는 노랫말 중
한 구절도 무심한 게 없었다.

전부 나 죽네, 나 우네 하는데
한 구절도 내가 아닌 게 없다고.

퇴근길 버스

너 울 때

나는 기도 했어

내게 기대어 울 사람이라면

내내 울 일만 만들어 달라고

애정

너무 슬픈 날에는 가슴이 미어지잖아

척박지에 뭐라도 피어나는지 영 아릿한데

그 피어나는 게 암만 봐도 꽃은 아닌 거 같아

당신 그림자면 모를까, 꽃은 아닌 거 같아

빛 없이 드리운 그림자

너는 날릴망정 거둬지지 않는 서슬 퍼런 나뭇잎

나는 너를 놓칠 새랴 온 힘 다해 붙듦은 나뭇가지

우리를 잊은 바람

몸살이 나 출근을 하지 못한 날

누구를 꾸지람하는지

번개는 악을 질렀다.

그에 고개를 수그렸다.

맞아, 나는 못난 딸이야.

괜스레 마음까지 욱신거렸다.

지붕과 함께 젖었던 날

배를 움켜쥐느라 무릎을 안지 못 했던 흔한 밤
흔해져서 울기도 머쓱하던 밤의 방구석
오지 않는 편지 마중 나간 희망
희망을 잃고 그토록 다시 밤
되뇐 밤에 내 잘못을 떠밀어
밤이라서. 라는 글만 적고 죽고 싶어졌다.

그럴 담력이나 있느냐고 저들이 골을 내니
너희 사실은 나를 살리고 싶은 게지. 라고 말하면
새벽의 지뢰밭을 얌전히 지나 아침이 기어 온다.

움켜진 배 좀 놓고 자욱 좀 지우고 일이나 하라고
아빠 닮은 거울이 꾸중하니
거짓말처럼 잘 살 수 있어지고
 벗어둔 신발을 신을 때면
밤이 또 온다고 고갯짓한다.

그리하여 그토록 다시 밤

아빠, 이래서 밤은 무서운 거라고 한 거야?

그들에게 밤을 던지는 자 누구인가

줄줄이 고인 글자들이
손을 잡았다가
또 건너 섰다가
마침표 내릴 때쯤
글의 의미는 나를 살린다 하고
의미를 알게 된 마음은 나 죽는다 하고
간격 사이에 애꿎은 그 사람만 묻어놓았다.

'괜찮다.' 한 줄 읽고
마침표 내리기 전에
울고 앉았네.

"사실은 괜찮지 않다." 라고 말하였지.
책은 귀가 없어 못 들을 테니
그리고는 엉엉 울고 앉았지.
건넛방 엄마 몰래 끅. 끅. 삼키고 앉았지.

못 다 읽은 시

구름은 부풀고

비는 바쁘고

달은 바랬고

밤잠은 길을 잃고

나는 뜬눈을 감았고

베개에는 비 냄새가 풍겼고

구름에게는 눈물 냄새가 흘렀고

모두가 미아 신세라고

나는 눈을 비볐고

오늘 밤은 길 잃은 것들 투성이고

그렇게 하루는 인사 없이 도망가고

그렇게 또 인사 없이 보냈네.

길 잃은 그 이름

밑줄을 그었지,

가장 중요하다고.

길게 긋다 보니,

네가 발을 뺐다.

덩그러니 그어진

여름에게는 먼저 가라고 일렀다.

발등에는 비만 내려주었지.

네 마음에 내가 없듯이

내 마음에도 자신이 없었다.

나는 왜 어디에도 없을까.

아직 장마였다

당신이 내어준 자리에는

가시가 흥건했지만

구경하는 당신 덕에

아파도 아프지 않았다.

외사랑

당신이 사랑하는 저 여인은
사랑받아 마땅한 여인이었고

내 사랑 독차지한 당신이
사랑받을 이유는 흥건했지

눈에 익을 당신 뒷모습이
왜 이리 낯설게만 찔리는지
하염없는 내 사랑으로 푹 담그고 싶네.

당신은 사랑하소서.
나는 그런 당신을 사랑할 테니.

마땅히 사랑할 테니

나는 너를 적었는데

사람들이 시라고 부르더라.

너더러 시래

나는 시인이래.

나는 그게, 그렇게 아프다.

시인의 시

오전 두시에 체했다.

가장자리로
네가 걸어 들어온 날부터
묵직하게 체해버렸지

너는 언제부턴가
내려가지도
올라오지도 않는다고

나는 이제
너를 삼켜내지도
뱉어내지도 못한다고

네가 세상모르고 잠든
오전 두시에 알아버린 거야.

너로 체했다

마르지 않고 번져가는 싸구려 잉크 팬으로
감히 네 이름을 반복한다.

여기, 함부로 너를 번지는 자가 있다.
성큼 와서 혼이라도 내고 가라.

나의, 너의 일기

네가 썩어버렸으면 해서

고인 물이라 적었다가

도통 증발하질 않아

내려놓고 깊이 잠기지

고인 인연

종일 쨍쨍하던 해는
아주 숨기 전에
한강에 드러누워
잘 익은 노을이 됐다.
비겁한 나는
아주 숨기 전에
대교 위에서 한강을 보며
속으로 드러눕지.
꽤 비참하게.

너무 익어버린 탓에

'죽는 건 무섭지 않아. 사는 것도 그저 그래.

사실 난 너무 애매한 게,

살아있음에도 죽어간다는 거야.'

애매한 시민

달이 구름 뒤에 숨었다.

쟤 오늘 상처받은 일이 있었을까,

마음이 어릿해진다.

붉은 달의 눈시울

어중간한 새벽에는

가슴 터져라 공기를 들이마셨고

멎어 죽을 만큼 숨을 뱉었다.

죽지는 못했지만

가슴은 터지고 말았지.

am4:45

영화에 나온 어떤 어른은
보는 눈들 셀 수도 없는 곳에서
그렇게 사람 많은 거리에서
엉엉 울더라.

그치만 그건 영화였던 거야.
우리는 지독하게 혼자 남아 울어야 하잖아.

골방에 어른

내가 스무 살이 되던 해에
이듬해 청춘을 기약하며
손톱을 갈았드랬지

깎다 만 달 낮은 초승달이란 예쁜 이름을 듣고
갈다 만 내 손톱은 엄마에게 들킬까
등 뒤에 숨어 습관이라는 이름을 듣는다.

이듬해를 향해 뒷짐 지고 구름다리를 거닐며
내다본 건너편에도 청춘은 없던데
멀쩡한 구름이 토막 났드랬지

토막구름

별일 없던 토요일 밤이다.

별일이던 날들이 오늘 밤을 도둑질한다.

너를 이루지 못했다고

날마다 밤마다

잠 못 이룬다.

너를 이루지 못하고

누가 너더러 나를 캐물었을 때
네 안에서 곧장 떠오르는 내가 뭐였을까

나는 너를 표현하려
온갖 사랑스러움을 깨물었는데
여전히 혀 밑에는 너를 닮은 맛이 맴도는데

네가 나를 떠올릴 때
나는 꽃밭에 떠있니
뭍에 덩그러니 떠있니

너도 가끔은 나를 생각하니

좋아해요.

당신이 이유 없이 내가 싫다고 말했을 때

뼈저리게 공감하며 당신을 좋아해요.

좋아해요, 이유 없이

아무도 이름을 짓지 않은 섬이 있다.

그곳에는 짐승도 없고 불가사리도 없다.

그 무인도에 오직 너만 내려놓을 거야.

네가 외로움에 사무치는 날에

그때서, 안아달라고 말해볼게.

내 자리는 너의 외로움 끝이니

매정한 너는 떠날 때에

내 청춘을 한 움큼 쥐고 떠났다.

그날은 별자리도 비었더라.

밤이 오지 않았다

하나가 빠져

둘에서 하나가 되었다.

하나가 더해져

둘에서 하나가 됐을 때처럼.

이별이 오기 전에 만남이 있었다

달은 나 몰라라 숨었고
하늘에 가지 못하는 나는
이를 익히 아는 나는
슬픔에 둥둥 떠 있지.

그게 나 혼자이던 밤이라고
네 혼자일 밤에게 알린다.

굳이 창문을 열어 확인하지 않아도
슬픔에 둥둥 떠 있을 너에게.

밤에는 왜 슬퍼야 할까

새벽 여섯시인 줄 알았던 오전 열한시에
나는 살금살금 울었다.

시간은 저만 바쁘고
내 몸 싣고 홀라당 갈 작정이었으면
떨궈진 영혼도 챙겨 갔어야지.

열하나 숫자에 흐느끼고
새지 못한 날짜에 우짖는다.

새지 못한 날짜

해가 오르면 달이 내리고
달이 오르면 해가 내리어
그렇게 품었다 숨었다
시소를 태우는 하늘아

둥근 해 하나로 눈을 꾹 감기더니
깎인 달 하나에 눈도 감지 못하게 하는 하늘아

내가 높은 곳에서 뚝 떨어져야만
그곳에 오를 수 있니

오르락 없이, 내리 곤두박질치는
내 인생이야말로 너에게 맡길 수는 없니

하늘아, 하늘아
여느 날처럼 잠들어있는 나를
달 대신 데려가 줄 수는 없겠니.

하늘아, 하늘아

그 애 더 이상 슬프지 않더란다.

그래서 그 애는 죽었다.

더 이상 슬프지 않을 만큼 슬퍼했는지

그 애, 낯익은 슬픔에 익사했다.

얘, 너는 공감하지 말어라.

우울한 나라

감히 물어보고 싶어요.

당신도 이 같은 밤에는 우시는지.

신께

여기, 이름 없는 나무 팝니다.
더 이상 열매가 나지 않고
새잎이 돋아나지 않습니다.
고로 물을 주지 않으셔도 됩니다.
여기, 이름 없는 나무 팝니다.
나를 사 가세요.

자신에게 기대를 저버렸다는 것은

네가 드러누워 버린 그 투정도
나에게는 소원이었는데 말이야.

네가 차라리 라는 말을 보태 죽음을 상상한 그날이
나에게 있으면 눈 오는 크리스마스였는데 말이야.

네가 도저히 못 살겠다던 그 삶,
나에게는 동화였다고.

너는 본의 아니게 나를 무기력하게 만들었지.
나는 본의 아니게
네가 '그나마 어디냐'는 소리를 듣게 태어났고.

타인의 삶

기억을 앓아

감나무

녹슨 대문

벌레 먹은 상추

장미 넝쿨

고장 난 초인종

울창한 거미줄

거무스레한 곰팡이

할머니의 바느질

사이렌 같던 초침소리

아빠의 담배연기

여기 천장에서 쏟아지고,

그 아래 누운 나는 찔려죽는다.

기억을 앓는다

옷깃이라도 잡아 세우려다 참아

스치기만 해도 운명이라는데

잡기까지 하면

훗날 나 혼자 얼마나 아플까

그 무엇도 아니었다고 하자

무서워요.

정말 무서운 건, 내가 이걸 다시 읽을 수 있을까봐 무서워요.

[17세. 여. 추락사]

유서

지그시 기다리고 있으면

나비가 헤실 대며 날아와 주는 줄 알았어.

봄은 끝났다. 아무도 오지 않았지.

나는 너에게 꽃이 아니었던 거야.

내게 나비는 너밖에 없었어

담배 한 개비에 위로를 받는다던 아저씨는
속이 문드러져 갔지만
포옹할 담배는 널렸기에
그것에 만족하며 가장 노릇을 해갔다.

나는 포옹하는 방법을 몰라
코를 막지 않고 마주 앉았었다.

우리 아빠는 소문난 골초

주거지는 늘어났지만
식구는 줄어들었다.

반려견이 늘었다고
유기견이 줄어들진 않았다.

해는 갈 때에, 점점 게을러지고
내게 주어진 달과의 담소는 무뎌졌다.

꽃은 피어남과 동시에
꺾이는 풍경이 파다했다.

내가 열렬하지 못할 이유가 늘었다.

그녀가 사는 동네

착각은 곧잘 나를 함부로 해.

물가에 폭 담가놓기도

겨울바람에 꽁꽁 얼리기도

착각은 슬금 달짝지근하다가

결론은 늘 죽을 맛이야.

혹시나 하는 기대의 결말

사람들이 물장구치던 바다

표면 위에 밤이 물들면

한낮의 후련한 리듬은 숨고

헤엄치지 못하는 발자국만 남아

너 그 쓸쓸함 본 적 있니

파도가 일면 하염없이 쓸리던

주홍빛 찬란한 감나무 잘 보이는
길 한복판에 덩그러니, 흥얼거리어.

그 순간에 살 수 없다고
나는 이 순간에
그 순간을 노래해.

그래도 나,
그 순간을 살았었노라고,
그때이던 길가에서 노래해.

감나무 노래

나도 말해줄 수 있지.
어떻게 하면 덜 아프고
가볍게 털어낼 수 있고
아침부터 웃는 방법
또 밤에는 울지 않는 방법
나도 알고는 있지.

그래서 서러운 거야.
아는데, 그게 안 되니까.

무뎠다

멀어졌다. 싶은 순간
다시 이 순간을 뒤로하고 그 순간으로 돌아가네.
이젠 보내 달라며 울부짖은 목소리는
어쩌면 나에게 보내야 했나.

밀접하다. 싶은 순간
저 멀리 바다 건너 점이 돼 비치네.
그리로 간다면 나는 결국 빠지게 될까.
내가 보는 것이 너였을까, 바다였을까.

순간마다 강렬해서
차라리 나를 미약하게 했던 기억은
나 혼자서 만들어 냈을까.
너한테는, 이 기억이, 없을까.

끊어지기를 반복하는 순간

이제는 모르겠다.
풍족한 기다림, 지내는 나는 궁핍했다.
너의 마지막 온기도 사라지고
오직 지문만 남아.

너는 결국 바다가 될 시냇물이라고
잔잔하게 흐르더라도 안심하겠다고
나를 보니, 이제 너는 잔인한 블루홀 같아.

이제는 모르겠다.
빠져 죽어도 좋을 줄 알았는데
숨이 차오르니, 이제는 무섭다.

단념

다들 하나씩 갖고 있다고
나도 갖고 싶다는 게 아니라,

다들 한 번씩 겪는다고
나도 겪는다는 게 아니라,

내가 감히 가져봤고
지극히 겪어봤는데
더 이상 아니라는 것에서
슬피 우는 게지요.

더 이상 아니라는 것

토닥이는 빗소리가 울리면
어쩜 너는 한달음에 달려와
내 팔을 베고 편히도 잠에 드네.

저려야 할 팔은 서늘하고
마음 한구석이 저린 게,
그저 네가 그립다.

토닥이는 빗소리

바람이 오지 않아 달리기 시작했다.

바람을 향해 달렸다.

바람에게도 누군가 계절을 스치고 가는

그 남겨진 기분을 알려주고 싶었다.

스쳐간 바람

단언컨대, 너 없는 시는
재미로라도 쓰지 않겠노라.

맹세컨대, 너 있는 시에서
재미를 찾지 않겠노라.

네가 잇는 시

봄비 내린다 할 때도
내게는 푸룩푸룩 날리는 비였지
그래서 남들처럼 받아들이지 못한 거야

어느 꽃이 피어났다던
그 봄비에
어느 여인은 익사했다던데

추모하던 이는
구멍 난 우산뿐이었다지

마른 익사

아— 우주에는 아침이 없지요.
억지로 눈을 떠 벌레를 잡아야 할 일 따위는 없다고요.
해 질 녘의 그 허무함을 느낄 감정의 자리는 없어도 된다고요.
첫 끼니를 챙기지 않았다고 야단을 맞지 않아도 된다고요.

또— 우주에는 밤이 없지요.
"내일아, 재수 없는 너 때문에 나는 자야 해."
이렇거니 천장에 욕을 하지 않아도 된다고요.
먼 달을 힐끔 훔쳐보며, 소원을 비는 간절함을 잃어도 된다고요.
없는 욕조를 만들어 그 속에서 한껏 수그리고는
반성과 후회를, 눈물로 욕조를 채우지 않아도 된다고요.

왜— 나는 우주에 없을까요.
아주 독립된 무향의 우주에, 왜 내가 있을 수는 없냐고요.

지구인의 꿈

그런데 나는 못할 거 같다.

잊어달라니

잊으려 했는데

하도 잊자, 잊자 생각하니

것도 한참 너였더라.

의식과 무의식에 사는 사람

나에게 분노해줘.

마주 본 네 얼굴에 피어난 게

동백꽃이 아니라 열꽃이어도

그게 나로 인해 피어났다면

그 순간만 영원으로 삼을 거야.

감정을 줘

예술에서 천재는 없다고,

단지 인기 많을 뿐이라고 발뺌했지.

손님 없는 예술가 한 명이

귀를 잘랐고, 예술을 했다지.

그것은 예술인가 비참인가

누구는 비참 속에 기어들어가

자해를 했다던데.

악몽이란 꿈을 꾸는 예인의 밤

새벽에도 달은 바쁘다.

달동네 잠도 없는 저 노인
돈이라는 종이 몇 장 얻고자
남이 버린 종이 줍는다는 저 노인
밝았던 청춘만큼 밝히느라
새벽에도 달은 바쁘다.

달품으로 쏟아지어
별이 될 날을 고대하며
사뭇 살아가겠노라.

별이 되어 저 달님과 더불어
총망한 청춘들의 앞날이라도 밝히련다.

우린 새벽에도 쉴 틈 없다.

저물지 못하던 달

제 딴에 아침이 됐다고
허락 없이 들이닥친 햇살
허락 없이 잘도 비치는 방 안에
가득 새겨져있다.

늘 밤
굳게 먹은 마음도
아침이면
물러지는 마음도

부둥켜안은 세상이건
안지 못한 세상이건

나로 쓰이는 글마다
너를 써보는 글마다

여기 나 말고
온 천지가
너로 새겨졌다.

여기는 말고-

각인

사랑하는 이여,

먼 곳에 이르지 말고

닿는 곳에 이르지 말라.

사랑하는 이여,

내가 마지못해 사랑하는 이여.

사랑해 마지않는 당신에게

겨울이 간다고
그다지 마음 긁지 않았듯이

멀어지는 당신을 보며
산타를 보낸 어린아이처럼 슬퍼하지 않겠노라.

감춰두고 싶은 당신은
누군가의 봄으로 돌아가소서.

2월의 뒤꿈치

화려한 골목 모퉁이를 지나면
죽은 간판이 먼저 반기는 그 문구점에서
그리움과 외로움을
늘어뜨릴 원망을
밤의 뒤척임을 샀을까
사실은 일기장 하나를 샀는데
반갑지 않은 증정품이 딸려 왔을까

반갑지 않은 감정

스물한 살 다 저녁에

밤이 깊었노라고

잠에 이르려니

성난 바람이 나를 괴롭혀

창문을 닫았더니

지붕을 앗아가고

그렇게

어느 누군가의 별자리

밤새 우는소리 듣는다.

너 그랬느냐

너 그랬구나.

잠은커녕 마음 바쁜 밤을 지나

해 떴다고 저 별자리는 나 몰라라 잠들었다지.

그제야

구름 밑 그림자에 숨어

우는소리 내본다.

별자리 보내고

너라면 어떻게 했을까.

잠깐 내 머리 치우고

네 머리 감싸 안아서

네가 하자는 대로 해주고 싶다.

길이 갈리거든 네 등에 업히고 싶다

악당의 우두머리가 죽었다.

관객이 환호한다.

그 악인의 가족은 부디 귀를 막았길.

네가 모르는 악인의 인생

나는 한참을 그리다가도
금방 깨닫곤 한다.
감히 그리워 할 기억이 없음을.

나는 어디론가 돌아가고 싶다가도
한 음절만 들리는 절박하고 고요한 새벽에
감히 돌아갈 곳이 없음을, 온몸으로 느끼고 말았지.

공허한 날

우주에 가보지 않은 자는

그 얼마나 광활한지 떠들기 바쁘다.

동떨어져 본 자만이 입을 닫을 뿐

은하수에 잠겨본 자

오늘따라 달이 많이도 피곤했는지
왜 이리 어둡기만 한고.

집에 구멍이 났는지 문을 닫아보아도
어디서 이리 바람이 불어오는고.

내 집이 이리 고요했었는가.
나 하나 숨 쉬는 소리밖에는 들리지 않으니.

물어보고 싶소.
내가 이리도 시린 이유가
너의 부재였느냐고.

'우리' 집

내 아이 처음 마주한 날 흘린 눈물은
모두가 느끼리만큼 뜨거웠고
지독한 생활고에 시달리며 흘린 눈물은
부모 자식 간의 사이를 얼릴 만큼 차가웠다.

날아가는 낙엽 한 장에도 세상이 아름다웠을 우리가
어느덧,
돈이라는 종이 한 장에 세상이 원망스러운 우리로 변했다.

내 아이야
내 어머니 아버지
세상이 이대로 멈춰있을 세상이라면
차라리 다음 생은 돈이라는 무식한 종이로 태어나
모두에게 사랑받고 욕심 받는 존재로 태어나시길.

넘치는 게 문제일지, 부족한 게 문제일지

가로등아 너 일 할 시간인데
사람 없다고 이리 맥이 없니.
나는 너 하나 믿고 집을 나왔다.

칠흑같이 어두울 거면
집에 있어도 됐었는데
내가 미워 불을 껐니
내가 가여워 불을 꺼줬니
나는 너 하나 믿고 집을 나왔단 말이야.

가로등마저 나를 울릴 줄이야

그날 밤은 아무도 움직이지 않았다.
아무도 질문하지 않았고,
아무도 대답하지 않았다.
그림자까지 숨은 그날 밤은 유난히 어둡고, 길었다.

그는 집안에 모닥불을 지펴놓고
불앞에서 목 넘김을 기다리는 쓴 물은 본의 아니게 데워진지 오래였다.
기다림에 파묻힌 그날 밤은 아무도 움직이지 않았다.

아무도 질문할 수 없었고,
아무도 대답할 수 없었다.
길어진 불앞에도 어두웠던 그날 밤은,

고독사

애늙은이라 불리던 그 애,
몸통 한구석에도 노쇠한 곳은 없었다.
말 언저리에 구부정한 어제의 흔적과
하도 익어 자글자글 주름진 마음만 통으로 있었지.

애늙은이라 불리던 그 애는
눈을 간질이는
아련한 황혼이 분명했다.

애늙은이라 불리던 그 아이

무지하다는 것이 얼마나 다행인지 알아요?
안다는 게 얼마나 불행인지, 나는 이것마저 알아요.

사랑에 빠졌던 두 청춘의 엔딩은
이혼한 부모를 둔 자식에 의해 새드엔딩이 되었지.
나는 알아.

장미향을 몸에 치덕치덕 바르고 다닌다고
장미가 될 수는 없었지, 그저 어렴풋이 흉내 내는 조화밖에는.
나도 알아.

네가 욕하던 저 여자, 사실은 너와 별다를 바 없는 사람이야.
알아, 그래서 더욱 욕했던 거야.

세상을 바꾸길 꿈꾸던 9살 여자아이의 미래는
결국 제가 바뀌어, 세상에 길들여졌다지.
나도 알아, 꿈을 이루는 순간 나는 죽을걸.
꿈꾸던 것을 멈춰야 한다면, 나는 죽을걸.

내가 아는 불행이 뭐냐면,
꿈을 이룬 다음 날들도
그저 그럴 거라는 거예요.

나는 알면서도, 모르겠다

어쩌면 제목을 읽은 순간,

그때부터 나는 시에 절절 기었던 것 같다.

걷는 법을 몰라 손바닥과 무릎에 불향을 내며 기어가듯

그렇게 불에 타 죽을 순 없을까, 그곳으로 기었던 것 같다.

나의 어릴 적, 시

죽기엔 자정으로 가는 길이 너무나도 포근했고
살기엔 정오를 지나는 길이 몹시 위태로웠다.

코끝이 얼었다가 다시 녹는다.
아픈 곳은 코가 숨겨준 눈물샘이었다.

정오를 지나 자정으로

나의 유년시절 중 선생님이 그랬다.
어린 우리들은 아직 긁지 않은 복권이라고.

그 말을 곱씹으며 집으로 갔을 땐
아빠는 취했고,
엄마는 없었다.
부푼 마음이 그날 긁히고 말았지.
꽝.
그러나 다음 기회는 없었고.

선생님은 아마, 당첨자셨나 봐

어린 왕자는 행운이었어.

그가 지구에서 태어났다고 생각해봐,

이해받지 못하는 우리들 중 하나였겠지.

어린 우리

내가 신이라면 진즉 자살했을 거야

세상에 불쌍한 사람이 이렇게 많잖아

밤마다 들리는 곡소리에, 이뤄줄 도리도 없이

기도 하나 마치기도 전에 푹 잠기고 말 거야

근데 그럼 신은 정말 죽은 게 아닐까

기도하던 사람들

계절 없는 곳에 살아.
하늘은 높기만 하고
꾸밀 생각은 안 하지.
바람은 시원하게만 불고
섭섭할 정은 없단다.
꽃이 뭐였는지,
대신 곳곳에 꿈이 피어나지만
이 동네는 햇빛이 죽어
꿈도 피지 않던데.

계절 없는 곳에 살아.
오고 갈 계절이 없다는 게
그나마 다행일지도 모르고.

달동네 수모의 이야기

귓가에 날뛰던 호흡들은 드디어 무뎌졌고
티브이 속 지지기는 소리마저 무디고 나면
그제야 숨소리 실컷 들려주는 작은 거미에게
집 지으라며 자리를 내어준 나는
구석에서 쫓겨나 중앙에 자리해
웅크리고 누워 베개를 껴안고서
아무도 몰래 베개에게 숨을 드렸는데
파묻힌 내 온기에 애꿎은 먼지만 마셨더랬고
구석에서는 거미가 나를 비웃었더랬다.

숨죽인 날

하늘이건 땅이건
온통 까만 세상에
홀로 서 있다.

달빛에 비춰 내 뒤에 있을
그림자 한 번 보려니
도통 보이질 않아서,

하늘을 올려다보니
지구의 그림자 인 듯
색 바랜 달이 서글프네.

아무리 달래 보아도
내 그림자까지 거둬간 달이
저 위에서 나를 울리려 드네.

그림자

하나, 둘, 셋, 넷, 다섯, 여섯.
숨겨놓은 손가락이 몰래 이리저리 짚어가며 숫자를 세어.
여섯임에도 하나같이 즐거운 모양이지.

보이는 머릿수를 짚은 다음
나를 제외한 여섯에 마침표를 찍어줬다.
그러는 내 얼굴도 즐거운 모양일지.

얼굴은 화사하게 피워놓고, 마음을 못내 구겼다.
공감할 수없는 공감을 띄우고,
이해할 수없는 이해를 해주고,
용기 없이도 용기를 돋워주고,
일곱이 될 수 없는 무리 틈에 서라도 있어본다.

하나 둘 엄마의 부름으로 각자 흩어지고
길바닥에 고인 빗물에 혼자 남은 내가 비치면
보이는 얼굴의 모양을 멋대로 바꿔 외쳐댔다.
하나, 일곱 -.

소외감

저만치 아래에서부터
점 점 점 차오르더니
어느새 왈칵.

없이 살자니 눈이 시리고
감추자니 감춰지지 않아
너나 눈물이나.

너나 눈물이나

나에게서

너를 보내주려 했는데,

너에게로

나를 온전히 보내버렸다.

그 언제나 마음 같지 않은 마음

내게로 층층이 쌓이던 네가
아스라이 드러누운
그 자리는 나의 화원이었지.

무성한 잡초마저 아름답도록
아스라이 드러누운
그 자리는 네가 비울 즈음에
한 폭의 무덤이 되었다.

화원 가운데 자리 잡은
네 무덤에,
나는 밤마다 꽃을 피운다.

산자의 무덤

나는 모르네.
정확히 모르네.
어디가 간지러운지 나는 그것도 몰라
괜한 손등을 긁어내네.

살갗이 이리 얇은 줄도 몰랐네.
피가 맺혀 흐르는 줄도 모르네.

나는 모르네.
너는 멀고,
나는 울고,
나는 모르네.

물든 습관

앙상한 가지 끝에 더 앙상한 꼴로
다 떨어뜨리어진 와중에,
마지막까지 남아 매달리는데,
결국 바람을 못 이기고 어지럽게 날리는 꼴인가.

소외된 잎은 자꾸 말라가는데
낙엽도 아니라 하고
이파리도 아니라네.

세지 못한 외로움.
그래서 더 간절했고
그랬다고 더 외로웠네.

빗물에 맞아 죽고 싶었다.
한 방울 나를 밟고 떨어지면
나는 그에 못 이겨 져주고 싶었다.
바람에 지기엔 이미 지쳐서리-

마지막 잎

우리 동네 지나던 먹구름은
마침내 제 할 일을 마쳤다.

그렇다고 나는
덜 마른 길 한 폭에 서있다.

서서히 말리는 바닥 한 폭에
젖어든 내 발자국 남기어.

여기 아랫동네에서 울던 먹구름은
저기 윗동네로 흘렀다고
때마침 사이에 끼인 달.

저 달, 언젠가 본 적이 있어.
꼭 이렇게 생긴 날에
덜 마른 땅 위에서
올려다 본 적이 있어.

같은 먹구름일지언정
같은 비 오는 날일지언정
윗동네에 갔다고
때마침 고개 내미는 달.

저 달, 나를 지나친 게야.
먹구름보다 먹먹한 나를 안아주려다
저까지 울음 질까, 지나친 게야.

먹구름 사이에 끼인 달

네 손 안에 다 있다

내 시간과

하늘과

그저, 나 자체가

네 손 안에서 녹는다.

초

자꾸 운다고 뭐라 하지 마라

밤을 알면 너도 운다.

말 없는 밤

그 아이의 퍽퍽한 가난을 공감 못하던 친구들은
드라마에 나오는 주인공의 유한 가난에 울었다.

웃기지도 않는 그 애와 비슷한 척을 하는 그 역할에게
정을 못 줘 발을 굴리는 친구들은 명청했다.
쟤가 사는 드라마에는 신이 있어.
얘가 살아있던 시절에는 신도, 기적도 없었고
아득하게 넓은 세상에 저만 있었지.

옥상에서 떨어진 꽃

미울 것도 많지.

글쎄 오리 새끼더러 밉다는 거야.

그 오리, 백조였다는데

그러면 뭐 해.

이미 밉다고 내내 불렀으면서.

애, 네가 돌 던졌었잖아

드늦은 귀갓길
전깃줄에 걸쳐 앉은 보름달이
한가로이, 내 하루 끄트머리를 관람하다
자글자글한 내 마음에 놀라지.

아침부터 찾아온 고난에 데었더니,
밤이 되니 주름뿐 남은 게 없더라.

놀란 달 바지자락을 잡고
네가 관람한 내 영화의 결말을 아느냐 묻지.
달은 저물 뿐 할 줄 아는 게 없었고.

오늘 같은 내일을 맞을 수밖에

동경하는 시인은 죽어도 살았고

어물쩍 살아가는 나는 살아도 죽었다.

나의 시체, 나의 구절

가끔은
있는 기억을
없는 기억과 바꿔 기억해.

어떻게 자라왔냐고 물으면
나는 없던 평화를 불러줄래.

어떻게, 어떻게 자꾸 물으면
나는 짧았던 봄을 길게 불러줄래.

당신이 나를 알고
내 기억에 당신이 있다면
당신이 있는 기억을 예쁘게 포장해줄게.

우리 그랬잖아.
엄청 추운 날, 벌 서는 듯이 살았잖아.
누구한테 벌 받는 줄도 모르고 해맑게 살았잖아.
해맑게, 살았잖아.

기억을 바꿔 기억해

- 네가 지은 죄 중 가장 큰 죄목이 뭐일 거 같으냐.

나는 외면이라 말하고

가난이란 말을 삼켰다.

눈 감은 부모

손톱으로 꾹꾹 두 번 누르면
손목 위에 초승달이 핀다.

이제는 누가 날선 손가락질을 해도
마음에 피는 것은 불씨가 아니라
초승달일 거라, 짐짓 착각했다.

짐짓, 그렇지 않으나 일부러 그렇게

마침내 꽃잎을 펼쳤는데

사람들은 왜 하나같이 그저 지나는 건가요.

모두들 꽃- 꽃- 간절했으면서

피워내니 그저 지나는 사람들은

마음속에 화원이 가득 찬 걸까요?

아네모네

너 훌쩍이는 소리가

네 어머니 귀에는 천둥소리라 하더라.

그녀를 닮은 얼굴로 서럽게 울지 마라.

네가 어떤 딸인데 그러니

우리는 눈가를 내놓게 하던 슬픈 영화를 보고

등허리 쓰다듬는 자상한 음악을 듣고

가장자리까지 쿡쿡 쑤시는 아픈 시를 읽고

좋다. 생각한다.

지나치게 서러운데, 공감이 돼.

좋다는 말 밖에는 더 할 수 없었지.

모순된 단마디

기다리지 말라는 인사와 무심히
떠나려는 사람에게 신발 끈을 묶어줬다.

그럼 그대가 기다리시라했다.
내가 언젠가 꼭 훔치러 갈 테니,
마음 예쁘게 치장하고 있으세요.

애꿎은 신발 끈에게만 눈을 맞췄다.

내가 갈게요

잘도 어둡던 네 방에는
달도 그다지 닿지 않았다.

네 방 지붕 위에는
어느 가족이 살고 있었는데,
밤 열두시면 여지없이 불이 꺼졌다.
그러면 어둡던 네 방에 불이 켜졌다.

그 어둑한 밤에
달보다 밝은 네 방에는
사람 한 명 없었지.

저 위에 있어야 할 별 하나가
구석진 곳에 홀로 떨어지는 바람에
밤이면 외로움에 사무쳐야 했던 거야.

있지, 나는 네가 별이라고 말했어.
너는 외로운 시리우스야.

밤 속에서 네가 외로운 이유

햇살도 버거울 만큼 안개가 자욱한 날,
당신은 그 속에 어렴풋이 자리한 장미를 보았고
꽤나 어울리게 곱지 않느냐며 장미를 예찬하는데
나는 차오르는 답답함에 안개를 그만 들이켰지.

눅눅함 속에 산뜻함을 찾을 수 있다면
그 마음이 곱기 덕분인 것을,
고매한 것은 풍경이 아니라 아주 당신인 것을, 왜 몰라.

보는 대로 보이는 영혼의 눈

죽고 싶어지면 그럴 용기로 엄마나 아빠에게

너의 유년시절을 들려 달라 해

아무리 못난 사람들이어도

그 순간만큼은 눈에 별이 비칠 거야

그리고 그 별은 너이겠지

못난 별은 없어

네 방에 있으면

살에 닿아오는 습기조차 산뜻해.

벽 한편에 피어난 곰팡이도

썩 향기로울 것만 같고

얼룩진 베개는 구름 속에 구름 같아.

내리치는 빗소리는 왈츠를 부르고

달그닥 거리는 선풍기 바람은

바닷바람 흉내 내고

슥 훑으면 내 것이 되는 먼지들도

말없이 내린 싸락눈인 줄 알았어.

네 방에 있으면 그래.

모든 고난이 마치 기적이 일어나기 이틀 전 같고,

모든 상황이 우리를 여느 영화의 주인공으로 만들어.

네가 말하던 참혹한 현실은 내가 보는 근사한 영화야

나 역시 기도해요.
나를 1920년대 어딘가에 떨어뜨려 달라고.

편지 한 장에도 낭만이라던 그날에서
당신을 사랑하는 것에 소홀하지 않을래요.

사랑한다는 말없이 빙빙 둘러 애틋함을 더하고,
추신 없이 오후의 편지로 아쉬움을 드러낼게요.

다만 당신에게
밤노을을 소개하고
하늘로 데려가
구름에 뒹굴며
별 하나 꺾지 못하는
당신의 고매함을 낭송하고 싶어요.

그 시절, 그 나라의 낭만으로

찰나의 꿈에서

영겁의 꿈으로

모든 게 꿈이라 치자

묘비명

네가 무얼 하든 나는 부러워할게.
너 가는 길을 어련무던히 장식할게.

다 늙은 네 정수리에 흰머리가 나와도
나는 그곳에 입맞춤을 할 거야.
벌써부터 윗입술에 안개꽃 향기가 풍겨.

네 발톱이 깨지고 때가 타고 멍이 든다면,
나는 꽃다운 거품을 내어 네 발을 쓰다듬을래.
어여쁜 너를 옮겨다 준 고마운 발이니.

너를 모르는 누군가가 너를 욕한다면
나는 그 상상의 이야기를 노래로 부를래.
어느 욕이든 네 이름이 붙는다면
더 이상 욕이 아닌 허풍이 돼.
그렇게 그 누군가를 비웃어줄게.

너는 걸어가,
나는 그 길을 장식할 테니.

네 손을 잡아 같이 갈 수도
끝에서 너를 맞이할 수도 없다면
너 가는 길을 어련무던히 장식할게.

네가 무얼 하든 나는
네 영화의 연출을 맡을 거야.

명심해, 너는 나의 주인공이야.

from. 엄마

너의 빈손을 좋아해

귀찮을 정도로 찾아오는

지겨운 너의 발자국을

그렇게 빈손으로 매일 와줘

청춘이라는 동네에 머무는 너들은
남의 집에서 눈칫밥 얻어 가며 사노라 하지.
그 동네 숱한 언덕과는 달리 풀잎은 드물어.
깊은 늪과는 달리 숲은 흉내만 낼뿐이지.

청춘이라는 동네에 머무는 너를 위해
산골짝 그린 다음 달처럼 고여 있을게.
지나는 길에 한 번씩 물 마시러 와요.

옹 달 샘

어쩌면 시작하지 않았던 것

끝나도

끝나지 않은 것

곧 내일이자, 아직인 것

당신의 기적

네가 짐작하던 그 미래는
비슷하지만 다르게 흘러.

그러니까, 감히 미래를 점치려거든
좀 거창하게 하란 말이야.

그리고
다 잘 될 거야.
잘 되더라.

미래에서 온 편지

비록 빛을 숨긴 응달이지만 방을 얻어 슬금슬금 살아왔습니다.
언젠가 단칸방에서 단독주택으로 이사를 할지도 모르는 일이죠.

구름이나 짚어가며
양 하나, 양 둘-
잠에 들거나, 힘에 들거나
바람을 막거나, 눈 감아 맞이하거나
햇살에 눈이 부시고
별빛에 눈을 부비고

곰팡이의 흔적마저 아름답도록 살았노라고,
당장 방 열쇠를 넘겨주어도 미련이 없습니다.

꼭 이런 날이면, 내 것이 돼준 짐들에게는 비밀로 하고,

" 얘, 너 밀린 행복이 얼마나 되는 줄 아니.
그럴 거면 그 방 양보하고 어서 올라오너라. "

하늘에서 집주인의 방 빼라는 통보를 기다려요.

시원하고, 섭섭하게

만약 장대비에 전깃불 나가버리는 것처럼
예고 없이 내가 죽었다면
촛불을 켜, 축복을 빌어줘요.
언젠가 하늘에 맡기며 나의 행운을 빌어주었듯이
그 어느 때보다 대신 기뻐 마지않던, 그런 모습들로요.

내가 비로소 사라지고, 남았을 때
해보지 못한 포옹에 울지 마요.
살아서 말 많던 계집아이 드디어 말이 없구나.
병에 담긴 나를 말없이 맘 있이 안아주세요.
그럼 나는 걸쳐둔 마음 다리를 거두고
후련히 걸어갈 수 있을 거예요.
그 얼마나 바라던 달 근처로요.

마지막 부탁이 있다면
가루로 남은 나를
허공에 날리어 주세요.

초승달 나른하게 뜬 날
지나는 구름이 되어
그대 밤하늘을 날을 게요.

우리 기쁜 날로 해요

침묵으로
그러나 요란하게
미동 없이
그러나 출렁이게
무너지는
수많은 너에게
다 안다고
말해주고 싶다.

다 안다.
그래그래, 다 안다.

침묵으로, 그러나 요란하게.
미동 없이, 그러나 출렁이게.

스무 살

죽어난 모든 것들에게
제게 일어난 다행에 대하여
축배를 들어내리라.

다가오는 불귀로써
마침내 어떤 곳이든
돌아가지 못할 테고
돌아오지 아니할 테니
그 얼마나 바라던 다행인가.

동떨어진 모든 것들에게
축배를 들자.

축배사

다 된 밤
창을 두드리는
나비에게,

너는 나에게 나비인데
밤이면 나를 찾는 당신에게
나는 꽃이었소?

켜둔 촛불이 눈에 밟혀 오셨나
밤에만 나를 찾는 당신에게
실은 나방이었소?

나비라 부를까
나방이라 부를까
고심하는 나를 놀리는
저 나른한 날갯짓이
덜 된 밤을
다 되게 만드네.

그니까 내 말은, 반갑다고
자꾸 와주라고―

나비에게

사랑을 핑계의 주인이라 불렀다.
핑계의 명목은 어쩜 사랑이렷다.

비가 오면 비가 온다고
안개가 덮이면 안개로 덮였다고
갈잎이 날리면 갈잎이 날린다고
늘 너를 생각했어.

괜히 사랑이 뭐냐고 묻는 사람들의
투정 또한 그 사람을 투영한 핑계겠지.

나는 또 밤이 길다고
너를 생각해요.

핑계의 주인

내가 여든 살까지 살아있다면

내게 오늘이 며칠이냐 묻지 마세요.

아마 마음속에는 매일같이 어린이가 살 텐데,

새싹은 날짜 따위에 관심이 없으니까요.

내가 여든 살이 되어도

옆집 사는 아무개는
집에 번쩍이는 고가 하나 들어찼다고
침침한 우리 집 앞을 서성이며
눈부시지, 눈부시지—
네 집에는 없는데
우리 집에는 있으니
네 눈은 따끔하지—

나에게는 없는데
너에게는 있어서
그저 그만이걸랑.

넘치는 삶을 과시하는 어린 아이는
치우치지 않고 평평한 바닥 위에
나를 내려다보는 시늉 하며
부럽지, 부럽지—
네 인생에는 없는데
내 인생에는 있으니
너는 배가 아프지—

내 인생은 비는데
네 인생은 넘쳐서
그저 그만이걸랑.

나한테 당장 필요한 것은
청청한 새벽 냄새이거늘
그것마저 부족해진데도
난 그저 그만이걸랑.

참된 여유

그때와 그대로 남은 게 있을까?
백구 찾던 전봇대는 교체된 지 오래고
전깃줄에 앉아있던 까치는 가고 비둘기만 앉았네.
건넛집 살던 할머니는 아들 따라 서울 간지 한참이고
세탁소집 딸내미는 일찍이 다음 생을 찾으러 갔다지.
나 그때와 같은 곳에서 다른 공기 흠씬 먹는데
나는 지금 어디에 있을까,
여기는 나에게 어디쯤일까.

어디쯤일까

별똥별이 떨어져요.
아무래도 늙은 별 하나가 더 이상 힘이 없는지,
달에게 매달린 얇은 끈을 놓아버리고
아직 가보지 않은 산 어딘가에 별똥별이 떨어져요.

떨어지는 와중에도 빛이 나요.
가보지 못한 어딘가에 떨어지면서도
아마 가장 빛이 나요.

내려지더라도
떨어지더라도
누군가에게 잊힌다 해도
별똥별은 찰나에도 빛이 나요.

저는 이쯤에서,
좌절하는 당신이
별똥별임을 알아주면 좋겠어요.

별똥별

자기 마음 하나 추스르지 못하고 이리저리 휘청이면서
자기관리랍시고 마음을 넘어 육체까지 괴롭혀.

저기 뜬 빛이 별 인지, 비행기인지도 몰라.
별이든 비행기든
풍부한 밤이 아름답든 고독이든
제가 어떻게 보이려나, 닿지 않는 고민만 늘어.
해 뜨면 너 얼마나 아쉬울래?

어느새 바뀌어버린 소통의 의미
뜻도 모르고 여기저기 들쑤시다
부러움에 눈멀고, 욕심에 눈 사고.

다들 제가 호랑이인 줄 아는 모양인지
고귀하신 이름보단 알량한 가죽을 남기네.

들어야 할 잠을 설치는 건지
들어버린 밤을 설치는 건지
해 뜨면 너 얼마나 아쉬울래?

밤을 잃은 별이 너라던데

아무도 모르게 걷다가
내 밤하늘은 어찌 된 게
별 하나 없다고 울지 마라.
여기 눈부신 별 하나가
이름 없는 거리를 걷는다고
온 세상 별들이 부러워
구경조차 못하고 숨었다.

별 하나

밤으로 가는 길에
가로등 아래에 사는 강아지풀을 만났다.
발등까지 얽매인 시멘트에 피어난 강아지풀을.

너 우리 집 갈래? 꽃처럼 보듬어 줄게.
내가 길을 지나치지 못하고 연민을 부릴 때,

괜찮아, 가로등에게 나는 이미 꽃인걸.
가로등 불빛을 흠씬 받는 풀이, 아니 꽃이 말했다.

그리고 꽃이 되었다

당신 한번 안아보려고
두 팔을 곧게
나를 찢을망정 벌렸다.

지난 하늘을 달궈놓은 태양 때문인지
내 얼굴에는 홍조가 띠었고
마침 당신은 오늘따라 붉은 보름달이었고
그래서 우린 어쩌면 어울릴지도 모르지.

당신 꼭 안아보자고
두 팔을 곧게
나를 찢을망정 벌리었지.

당신 등 뒤에 손깍지를 끼지는 못했지만
당신 마음팍은 내가 죄다 머금었어요.

당신은 보름달, 나는 뭉게구름

너를 위해 악역이 될게
네 발등에 떨어지는 눈물을 훔쳐 달아나줄게
닦을 새도 없이 줄짓는 눈물이걸랑 내가 끊어줄게
살아있는 생화의 모가지를 꺾어다 줄게
네 방 곳곳에 매달아 놓는 잔인한 짓을 할게
아침에 눈을 뜬 네 눈에 햇살을 저질러 줄게
지난밤 뒤처진 숙제가 아닌 달의 시체를 보게 해줄게
너를 괴롭히는 수많은 나쁜 것들을 증오할게
밤마다 너를 생각함과 동시에, 그들을 저주할게
너를 위해 악역이 될게
누군가 나를 변사또라 부르건, 마녀라 부르건
해피엔딩의 주인공이 네가 되게 해줄게
금은보화와 황금별을 마다하고
너를 사랑해 마지않는 딱한 짓을 할게

내 일생을 서리 해다,
너에게 받칠게.

너는 고운 얼굴로 낚아채기만 해.

너의 동화

아이야, 너는 아이야.

네 작은 사랑을 머금기 충분하던

공원에서 마주친 그 아이처럼.

아이야, 너는 울음조차 사랑스러운 아이야.

미소는 더욱 사랑스러운 아이야

숙아, 너 예뻐
정말 예뻐
늘어진 배에 패인 산호초도
가닥가닥 머리칼에 피어난 안개꽃도
눈가에 우아한 웃음 주름도
너는 끔찍이 싫다지만
그거 정말 예뻐

숙아, 너는 알까
네가 좋아하는 아카시아 향보다
포근한 게 네 존재인데

숙아, 너는 부르기도 서럽다
서러워서 목이 메어
마구 불러주고 싶은데 말이야

숙아, 우리 늘 행복하다고 속여 왔잖아
이제 진짜 행복하자
부디 그러자 숙아

2015. 여름. 엄마에게. , 나선미올림

너는 바쁜 와중에도
네가 뭘 하고 있는지 모르고
나는 너를 보면서도
너를 보는 게 맞는지 모른다.

등 떠미는 성장 속에
어릴 적 환각은 줄고
통증은 왜 그리 다분한지.

앵무새처럼 괜찮다는 말만 읊조리던 너는
다독이는 시 한 편에 알았지,
한시도 괜찮지 않았다는 것을.

괜찮다, 뭣 모른 채로 자라나는 너는
아무래도
사뭇 괜찮은 소나무다.

괜찮다, 우린 아직 성장 중이니

애쓰지 마요.

충분해요.

당신은 당신이기에,

나는 당신이어야만 하기에

그대의 그대로를 아껴요

네가 실로 근사한 사람이라는 것을
다른 누구도 아닌 네가 알았으면 좋겠어.

네가 죽는 날이 오면
내게는 지구가 멸망하는 3일이 될 거야.
어쩌면 하도 슬퍼서, 울지 못할지도 몰라.

네가 살던 날들을
네 이름을
네 체취를
어쩌면 내가 잊어버릴지도 몰라.
단언컨대, 그건 내 뇌에 구멍이 났을 때 일 거야.

잔인하게 고요한 내 삶에
너는 흘러들어온 명곡이었어.
네가 걷는 모든 길은
피아노의 건반,
평범한 거리를 추억할 수 있게끔
너는 숨 쉬듯이 따스함을 연주를 했어.

너는 모르지만 네가 누군가를 살렸을지도 몰라.
숨을 쉰다고 다 살아있는 건 아니거든
나는 죽어갔었고, 네 부름은 나를 살아가게 했어.

네 마음은 흔하지 않다.
그런 마음이 이 세상에서 흔한 마음이었다면
어둠 속에 지저귀는 불면은 진작 사라졌겠지.

네가 얼마나 귀한 존재인지는
누구도 모르지만
누구나 알 수 있어.
아무도 몰라 서럽다면, 귀여운 투정으로 들을게.

너는 너를 백번 읊어줘도
제가 얼마나 환상인지 모르는
멍청한 내 하늘.

너를 모르는 너에게

너를 울리고 싶었다.

내가 고개 숙인 자리에, 네가 고개를 끄덕이고

내가 눈물 떨어뜨린 자리에, 네가 헤엄치고

내가 적은 시를 읽고, 네가 실컷 젖어들길 바랐다.

나만 힘겨운 세상이 아니라고, 너도 울어주길 원했다.

끝으로